每個人心中，
都有一句正能量……

給親愛的

——————————————

願你在這個季節，能有滿滿的收穫。

秋
—
收穫

為自己努力，世界會給你驚喜。

一年又快要結束了呢……

今年的你，有什麼新的收穫呢？

當我們讀懂了時光，才知道自己想要的是什麼……

生活的美好，是在時光中，發現生命的溫暖。

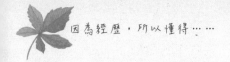
因為經歷，所以懂得……

有的路，用腳去走，有的路，用心去走……

走遍世界，也不過是為了找到一條走回內心的路……

地球之所以是圓的，
是因為上帝想讓那些迷路的人能夠重新相遇……

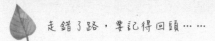

走錯了路，要記得回頭……

愛錯了人，要懂得放手……

人心都是相對的，以真換真……

感情都是相互的，用心暖心 ⋯⋯ ⋯

把生活活成，愉快的經過……

把日子活出，舒緩的從容……

生命就像是一種回聲，送出什麼就收回什麼……

你的努力，決定著明天的收穫………

對人幾分真，便會換取幾分心……

用情幾多誠，就會收穫幾多永恆。

種下愉悅，收穫快樂……

種下寬容，收穫博愛……

讀懂別人是一種欣喜……

被人讀懂是一種幸福。

過你喜歡的生活，喜歡你過的生活。

心若不複雜，人生也簡單。

鞋子，一定要合腳……

日子很長，還有很遠的路要走。

收穫多少不是成敗的唯一標準……

重要的是那段刻骨銘心的經歷。

你給生活意境，生活才能給你風景……

一錘一鑿的敲打，終究讓我們，收穫一個更好的自己。

一年又快要結束了呢⋯⋯

今年的你，有什麼新的收穫呢？

當我們讀懂了時光，才知道自己想要的是什麼……

生活的美好，是在時光中，發現生命的溫暖。

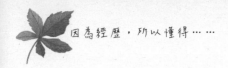
因為經歷，所以懂得……

有的路，用腳去走，有的路，用心去走……

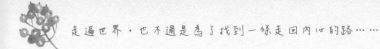

走遍世界，也不過是為了找到一條走回內心的路⋯⋯

地球之所以是圓的，
是因為上帝想讓那些迷路的人能夠重新相遇……

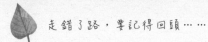
走錯了路，要記得回頭……

愛錯了人，要懂得放手……

人心都是相對的，以真換真……

感情都是相互的，用心暖心……

把生活活成，愉快的經過……

把日子活出，舒緩的從容⋯⋯

生命就像是一種回聲，送出什麼就收回什麼……

你的努力，決定著明天的收穫……

對人幾分真，便會摸取幾分心……

用情幾多誠，就會收穫幾多永恆。

種下愉悅，收穫快樂……

種下寬容，收穫傳愛⋯⋯

讀懂別人是一種欣喜……

被人讀懂是一種幸福。

過你喜歡的生活，喜歡你過的生活。

心若不複雜，人生也簡單。

鞋子，一定要合腳……

日子很長，還有很遠的路要走。

收穫多少不是成敗的唯一標準……

收穫多少不是成敗的唯一標準……

重要的是那段刻骨銘心的經歷。

你給生活意境，生活才能給你風景……

一鎚一鑿的敲打，終究讓我們，收穫一個更好的自己。

一年又快要結束了呢……

今年的你，有什麼新的收穫呢？

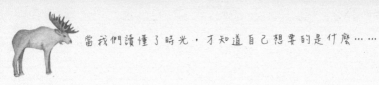

當我們讀懂了時光，才知道自己想要的是什麼……

生活的美好，是在時光中，發現生命的溫暖。

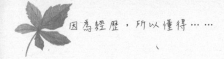

因為經歷，所以懂得……

有的路，用腳去走，有的路，用心去走……

走遍世界，也不過是為了找到一條走回內心的路⋯⋯

地球之所以是圓的，
是因為上帝想讓那些迷路的人能夠重新相遇……

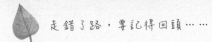

走錯了路，要記得回頭……

愛錯了人，要懂得放手……

人心都是相對的，以真換真……

感情都是相互的，用心暖心……

把生活活成，愉快的經過……

把日子活出，舒緩的從容……

生命就像是一種回聲，送出什麼就收回什麼⋯⋯

你的努力，決定著明天的收穫……

對人幾分真，便會換取幾分心⋯⋯

用情幾多試，就會收穫幾多永恆。

種下愉悅，收穫快樂……

種下寬容，收穫博愛……

讀懂別人是一種欣喜……

 被人讀懂是一種幸福。

過你喜歡的生活，喜歡你過的生活。

心若不複雜，人生也簡單。

鞋子，一定要合腳……

日子很長，還有很遠的路要走。

收穫多少不是成敗的唯一標準……

重要的是那段刻骨銘心的經歷。

你給生活意境，生活才能給你風景……

一錘一鑿的敲打，終究讓我們，收穫一個更好的自己。

一年又快要結束了呢……

今年的你，有什麼新的收穫呢？

當我們讀懂了時光，才知道自己想要的是什麼……

生活的美好，是在時光中，發現生命的溫暖。

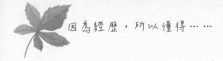

因為經歷，所以懂得……

有的路，用腳去走，有的路，用心去走……

走遍世界，也不過是為了找到一條走回內心的路……

地球之所以是圓的，
是因為上帝想讓那些迷路的人能夠重新相遇……

走錯了路，要記得回頭……

愛錯了人，要懂得放手……

人心都是相對的，以真換真……

感情都是相互的，用心暖心……

把生活活成，愉快的經過……

把日子活出，舒緩的從容……

生命就像是一種回聲，送出什麼就收回什麼……

你的努力，決定著明天的收穫……

對人幾分真，便會換取幾分心……

用情幾多誠，就會收穫幾多永恆。

種下愉悅，收穫快樂……

種下寬容，收穫傳愛……

讀懂別人是一種欣喜……

被人讀懂是一種幸福。

過你喜歡的生活，喜歡你過的生活。

心若不複雜，人生也簡單。

鞋子，一定要合腳……

日子很長，還有很遠的路要走。

收穫多少不是成敗的唯一標準⋯⋯

重要的是那段刻骨銘心的經歷。

你給生活意境，生活才能給你風景……

一錘一鑿的敲打，終究讓我們，收穫一個更好的自己。

一年又快要結束了呢……

今年的你，有什麼新的收穫呢？

當我們讀懂了時光，才知道自己想要的是什麼……

生活的美好，是在時光中，發現生命的溫暖。

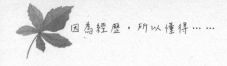
因為經歷，所以懂得……

有的路，用腳去走，有的路，用心去走……

走遍世界，也不過是為了找到一條走回內心的路……

地球之所以是圓的，
是因為上帝想讓那些迷路的人能夠重新相遇……

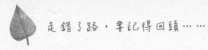

走錯了路，要記得回頭……

愛錯了人，要懂得放手……

人心都是相對的，以真換真……

感情都是相互的，用心暖心 … …

把生活活成，愉快的經過⋯⋯

把日子活出，舒緩的從容……

生命就像是一種回聲，送出什麼就收回什麼……

你的努力，決定著明天的收穫………

對人幾分真，便會換取幾分心……

用情幾多誠，就會收穫幾多永恆。

種下愉悅，收穫快樂……

種下寬容，收穫傳愛……

讀懂別人是一種欣喜……

被人讀懂是一種幸福。

過你喜歡的生活，喜歡你過的生活。

心若不復雜，人生也簡單。

鞋子，一定要合腳……

日子很長，還有很遠的路要走。

收穫多少不是成敗的唯一標準……

重要的是那段刻骨銘心的經歷。

你給生活意境，生活才能給你風景……

一錘一鑿的敲打，終究讓我們，收穫一個更好的自己。

一年又快要結束了呢……

今年的你，有什麼新的收穫呢？

當我們讀懂了時光，才知道自己想要的是什麼……

生活的美好，是在時光中，發現生命的溫暖。

樂筆記 3
秋：收穫

作　　　者／陳辭修
總　編　輯／何南輝
責　任　編　輯／謝容之
行　銷　企　劃／黃文秀
封　面　設　計／張一心
內　頁　構　成／上承文化

出　　　版／樂果文化事業有限公司
讀者服務專線／（02）2795-3656
劃　撥　帳　號／50118837 號　樂果文化事業有限公司
印　刷　廠／卡樂彩色製版印刷有限公司
總　經　銷／紅螞蟻圖書有限公司
地　　　址／台北市內湖區舊宗路二段 121 巷 19 號（紅螞蟻資訊大樓）
　　　　　　　電話：（02）2795-3656
　　　　　　　傳真：（02）2795-4100

2017 年 1 月第一版　定價／160 元　ISBN 978-986-93384-9-3